Wilhelm Busch
Der fliegende Frosch

Wilhelm Busch

Der fliegende Frosch

Gedichte, Balladen und Sinnsprüche
ausgewählt von Kim Landgraf

Anaconda

Die Texte dieser Ausgabe folgen, mit Ausnahme der Abteilung »Vermischtes«, den jeweiligen Erstausgaben. Unter Wahrung des Lautstandes und der Interpunktion wurde auf neue Rechtschreibung umgestellt.

Die Deutsche Bibliothek verzeichnet diese Publikation in der Deutschen Nationalbibliographie; detaillierte bibliographische Daten sind im Internet unter http://dnb.ddb.de abrufbar.

Umschlagmotiv: Mark Catesby, »Rana maxima (Bull Frog)«, 1771, © Natural History Museum, London/Bridgeman Giraudon
Umschlaggestaltung: agilmedien, Köln
Satz und Layout: GEM mbH, Ratingen
Printed in Czech Republic 2006
ISBN 3-938484-80-2
info@anaconda-verlag.de

Aus: Dideldum!

Summa Summarum

Sag, wie war es, alter Schragen,
Wenn du mal die Brille putztest,
Um ein wenig nachzuschlagen,
Wie du deine Zeit benutztest.

Oft wohl hätten dich so gerne
Weiche Arme warm gebettet;
Doch du standest kühl von ferne,
Unbewegt, wie angekettet.

Oft wohl kam's, dass du die schöne
Zeit vergrimmtest und vergrolltest,
Nur weil diese oder jene Nicht gewollt,
so wie du wolltest.

Dilemma

Das glaube mir – so sagte er –
Die Welt ist mir zuwider,
Und wenn die Grübelei nicht wär,
So schöss ich mich darnieder.

Was aber wird nach diesem Knall
Sich späterhin begeben?
Warum ist mir mein Todesfall
So eklig wie mein Leben?

Mir wäre doch, potzsapperlot,
Der ganze Spaß verdorben,
Wenn man am Ende gar nicht tot,
Nachdem dass man gestorben.

Aus: Kritik des Herzens

Sei ein braver Biedermann,
Fange tüchtig an zu loben!
Und du wirst von uns sodann
Gerne mit emporgehoben.

Wie, du ziehst ein schiefes Maul?
Willst nicht, dass dich andre adeln?
Na, denn sei mir nur nicht faul.
Und verlege dich aufs Tadeln.

Gelt, das ist ein Hochgenuss,
Schwebst du so mit Wohlgefallen
Als ein seiger Kritikus
Hocherhaben über allen.

Es sitzt ein Vogel auf dem Leim,
Er flattert sehr und kann nicht heim.
Ein schwarzer Kater schleicht herzu,
Die Krallen scharf, die Augen gluh.
Am Baum hinauf und immer höher
Kommt er dem armen Vogel näher.

Der Vogel denkt: Weil das so ist
Und weil mich doch der Kater frisst,
So will ich keine Zeit verlieren,
Will noch ein wenig quinquilieren
Und lustig pfeifen wie zuvor.
Der Vogel, scheint mir, hat Humor.

Die Selbstkritik hat viel für sich.
Gesetzt den Fall, ich tadle mich,
So hab ich erstens den Gewinn,
Dass ich so hüsch bescheiden bin;
Zum zweiten denken sich die Leut,
Der Mann ist lauter Redlichkeit;
Auch schnapp ich drittens diesen Bissen
Vorweg den andern Kritiküssen;
Und viertens hoff ich außerdem
Auf Widerspruch, der mir genehm.
So kommt es denn zuletzt heraus,
Dass ich ein ganz famoses Haus.

Es kam ein Lump mir in die Quer
Und hielt den alten Felbel her.
Obschon er noch gesund und stark,
Warf ich ihm dennoch eine Mark
Recht freundlich in den Hut hinein.
Der Kerl schien Philosoph zu sein.
Er sprach mit ernstem Bocksgesicht:
Mein Herr, Sie sehn, ich danke nicht.
Das Danken bin ich nicht gewohnt.
Ich nehme an, Sie sind gescheit
Und fühlen sich genug belohnt
Durch Ihre Eitelkeit.

Die Rose sprach zum Mägdelein:
Ich muss dir ewig dankbar sein,
Dass du mich an den Busen drückst
Und mich mit deiner Huld beglückst.

Das Mägdlein sprach: O Röslein mein,
Bild dir nur nicht zu viel drauf ein,
Dass du mir Aug und Herz entzückst.
Ich liebe dich, weil du mich schmückst.

Es saßen einstens beieinand
Zwei Knaben, Fritz und Ferdinand.

Da sprach der Fritz: Nun gib mal Acht,
Was ich geträumt vergangne Nacht.
Ich stieg in einen schönen Wagen,
Der Wagen war mit Gold beschlagen.
Zwei Englein spannten sich davor,
Die zogen mich zum Himmelstor.
Gleich kamst du auch und wolltest mit
Und sprangest auf den Kutschentritt,
Jedoch ein Teufel, schwarz und groß,
Der nahm dich hinten bei der Hos
Und hat dich in die Höll getragen.
Es war sehr lustig, muss ich sagen. –

So hübsch nun dieses Traumgesicht,
Dem Ferdinand gefiel es nicht.
Schlapp! schlug er Fritzen an das Ohr,
Dass er die Zippelmütz verlor.
Der Fritz, der dies verdrießlich fand,
Haut wiederum den Ferdinand;
Und jetzt entsteht ein Handgemenge,
Sehr schmerzlich und von großer Länge. –

So geht durch wesenlose Träume
Gar oft die Freundschaft aus dem Leime.

Er stellt sich vor sein Spiegelglas
Und arrangiert noch dies und das.
Er dreht hinaus des Bartes Spitzen,
Sieht zu, wie seine Ringe blitzen,
Probiert auch mal, wie sich das macht,
Wenn er so herzgewinnend lacht,
Übt seines Auges Zauberkraft,
Legt die Krawatte musterhaft,
Wirft einen süßen Scheideblick
Aus sein geliebtes Bild zurück,
Geht dann hinaus zur Promenade,
Umschwebt vom Dufte der Pomade,
Und ärgert sich als wie ein Stint,
Dass andre Leute eitel sind.

Ein dicker Sack – den Bauer Bolte,
Der ihn zur Mühle tragen wollte,
Um auszuruhn, mal hingestellt,
Dicht bei ein reifes Ährenfeld –
Legt sich in würdevolle Falten
Und fängt 'ne Rede an zu halten.

Ich, sprach er, bin der volle Sack.
Ihr Ähren seid nur dünnes Pack.
Ich bin's, der euch auf dieser Welt
In Einigkeit zusammenhält.
Ich bin's, der hoch vonnöten ist,
Dass euch das Federvieh nicht frisst;
Ich, dessen hohe Fassungskraft
Euch schließlich in die Mühle schafft.
Verneigt euch tief, denn ich bin Der!
Was wäret ihr, wenn ich nicht wär?

Sanft rauschen die Ähren:
Du wärst ein leerer Schlauch, wenn wir nicht wären.

Wirklich, er war unentbehrlich!
Überall, wo was geschah
Zu dem Wohle der Gemeinde,
Er war tätig, er war da.

Schützenfest, Kasinobälle,
Pferderennen, Preisgericht,
Liedertafel, Spritzenprobe,
Ohne ihn, da ging es nicht.

Ohne ihn war nichts zu machen,
Keine Stunde hatt' er frei.
Gestern, als sie ihn begruben,
War er richtig auch dabei.

Es stand vor eines Hauses Tor
Ein Esel mit gespitztem Ohr,
Der käute sich sein Bündel Heu
Gedankenvoll und still entzwei. –
Nun kommen da und bleiben stehn
Der naseweisen Buben zween,
Die auch sogleich, indem sie lachen,
Verhasste Redensarten machen,
Womit man denn bezwecken wollte,
Dass sich der Esel ärgern sollte. –

Doch dieser hocherfahrne Greis
Beschrieb nur einen halben Kreis,
Verhielt sich stumm und zeigte itzt
Die Seite, wo der Wedel sitzt.

Wer möchte diesen Erdenball
Noch fernerhin betreten,
Wenn wir Bewohner überall
Die Wahrheit sagen täten.

Ihr hießet uns, wir hießen euch
Spitzbuben und Halunken,
Wir sagten uns fatales Zeug
Noch eh wir uns betrunken.

Und überall im weiten Land,
Als lang bewährtes Mittel,
Entsprosste aus der Menschenhand
Der treue Knotenknittel.

Da lob ich mir die Höflichkeit,
Das zierliche Betrügen.
Du weißt Bescheid, ich weiß Bescheid;
Und allen macht's Vergnügen.

Früher, da ich unerfahren
Und bescheidner war als heute,
Hatten meine höchste Achtung
Andre Leute.

Später traf ich auf der Weide
Außer mir noch mehre Kälber,
Und nun schätz ich, sozusagen,
Erst mich selber

Ich hab in einem alten Buch gelesen
Von einem Jüngling, welcher schlimm gewesen.
Er streut sein Hab und Gut in alle Winde.
Von Lust zu Lüsten und von Sünd zu Sünde,
In tollem Drang, in schrankenlosem Streben
Spornt er sein Roß hinein ins wilde Leben,
Bis ihn ein jäher Sturz vom Felsenrand
Dahingestreckt in Sand und Sonnenbrand,
Dass Ströme Bluts aus seinem Munde dringen
Und jede Hoffnung fast erloschen ist.

Ich aber hoffe – sagt hier der Chronist –
Die Gnade leiht dem Jüngling ihre Schwingen.

Im selben Buche hab ich auch gelesen
Von einem Manne, der honett gewesen.
Es war ein Mann, den die Gemeinde ehrte,
Der so von sechs bis acht sein Schöppchen leerte,
Der aus Prinzip nie einem etwas borgte,
Der emsig nur für Frau und Kinder sorgte;
Dazu ein proprer Mann, der nie geflucht,
Der seine Kirche musterhaft besucht.
Kurzum, er hielt sein Rösslein stramm im Zügel
Und war, wie man so sagt, ein guter Christ.

Ich fürchte nur – bemerkt hier der Chronist –
Dem Biedermanne wachsen keine Flügel.

Es flog einmal ein muntres Fliegel
Zu einem vollen Honigtiegel.
Da tunkt es mit Zufriedenheit
Den Rüssel in die Süßigkeit.
Nachdem es dann genug geschleckt,
Hat es die Flüglein ausgereckt
Und möchte sich nach oben schwingen.
Allein das Bein im Honigseim
Sitzt fest als wie in Vogelleim.
Nun fängt das Fliegel an zu singen:
Ach lieber Himmel mach mich frei
Aus dieser süßen Sklaverei!

Ein Freund von mir, der dieses sah,
Der seufzte tief und rief: Ja ja!

Die Liebe war nicht geringe.
Sie wurden ordentlich blass;
Sie sagten sich tausend Dinge
Und wussten noch immer was.

Sie mussten sich lange quälen,
Doch schließlich kam's dazu,
Dass sie sich konnten vermählen.
Jetzt haben die Seelen Ruh.

Bei eines Strumpfes Bereitung
Sitzt sie im Morgenhabit;
Er liest in der Kölnischen Zeitung
Und teilt ihr das Nötige mit.

Es saß ein Fuchs im Walde tief.
Da schrieb ihm der Bauer einen Brief:

So und so, und er sollte nur kommen,
's wär alles verziehn, was übelgenommen.
Der Hahn, die Hühner und Gänse ließen
Ihn alle zusammen auch vielmals grüßen.
Und wann ihn denn erwarten sollte
Sein guter, treuer Kirschan Bolte.

Drauf schrieb der Fuchs mit Gänseblut:
Kann nicht gut.
Meine Alte mal wieder
Gekommen nieder!
Im Übrigen von ganzer Seele
Dein Fuchs in der Höhle.

Gott ja, was gibt es doch für Narren!
Ein Bauer schneidet sich'n Knarren
Vom trocknen Brot und kaut und kaut.
Dabei hat er hinaufgeschaut
Nach einer Wurst, die still und heiter
Im Rauche schwebt, dicht bei der Leiter.
Er denkt mit heimlichem Vergnügen:
Wenn ick man woll, ick könn di kriegen!

Sie stritten sich beim Wein herum,
Was das nun wieder wäre;
Das mit dem Darwin war gar zu dumm
Und wider die menschliche Ehre.

Sie tranken manchen Humpen aus,
Sie stolperten aus den Türen,
Sie grunzten vernehmlich und kamen zu Haus
Gekrochen auf allen vieren.

Ach, ich fühl es! Keine Tugend
Ist so recht nach meinem Sinn;
Stets befind ich mich am wohlsten,
Wenn ich damit fertig bin.

Dahingegen so ein Laster,
Ja, das macht mir viel Pläsier;
Und ich hab die hübschen Sachen
Lieber vor als hinter mir.

Wenn ich dereinst ganz alt und schwach,
Und 's ist mal ein milder Sommertag,
So hink ich wohl aus dem kleinen Haus
Bis unter den Lindenbaum hinaus.
Da setz ich mich denn im Sonnenschein
Einsam und still auf die Bank von Stein,
Denk an vergangene Zeiten zurücke
Und schreibe mit meiner alten Krücke
Und mit der alten zitternden Hand

So vor mir in den Sand.

Du warst noch so ein kleines Mädchen
Von acht, neun Jahren ungefähr,
Da fragtest du mich vertraut und wichtig:
Wo kommen die kleinen Kinder her?

Als ich nach Jahren dich besuchte,
Da warst du schon über den Fall belehrt,
Du hattest die alte vertrauliche Frage
Hübsch praktisch gelöst und aufgeklärt.

Und wieder ist die Zeit vergangen.
Hohl ist der Zahn und ernst der Sinn.
Nun kommt die zweite wichtige Frage:
Wo gehen die alten Leute hin?

Madam, ich habe mal vernommen,
Ich weiß nicht mehr so recht von wem:
Die praktische Lösung dieser Frage
Sei eigentlich recht unbequem.

Er war ein grundgescheiter Mann,
Sehr weise und hocherfahren;
Er trug ein graumeliertes Haar,
Dieweil er schon ziemlich bei Jahren.

Er war ein abgesagter Feind
Des Lachens und des Scherzens
Und war doch der größte Narr am Hof
Der Königin seines Herzens.

Hoch verehr ich ohne Frage
Dieses gute Frauenzimmer.
Seit dem segensreichen Tage,
Da ich sie zuerst erblickt,
Hat mich immer hoch entzückt
Ihre rosenfrische Jugend,
Ihre Sittsamkeit und Tugend
Und die herrlichen Talente.
Aber dennoch denk ich immer,
Dass es auch nicht schaden könnte,
Wäre sie ein bissel schlimmer.

Sie war ein Blümlein hübsch und fein,
Hell aufgeblüht im Sonnenschein.
Er war ein junger Schmetterling,
Der selig an der Blume hing.

Oft kam ein Bienlein mit Gebrumm
Und nascht und säuselt da herum.
Oft kroch ein Käfer kribbelkrab
Am hübschen Blümlein auf und ab.
Ach Gott, wie das dem Schmetterling
So schmerzlich durch die Seele ging.

Doch was am meisten ihn entsetzt,
Das Allerschlimmste kam zuletzt.
Ein alter Esel fraß die ganze
Von ihm so heiß geliebte Pflanze.

Seid mir nur nicht gar zu traurig,
Dass die schöne Zeit entflieht,
Dass die Welle kühl und schaurig
Uns in ihre Wirbel zieht;

Dass des Herzens süße Regung,
Dass der Liebe Hochgenuss,
Jene himmlische Bewegung,
Sich zur Ruh begeben muss.

Lasst uns lieben, singen, trinken,
Und wir pfeifen auf die Zeit;
Selbst ein leises Augenwinken
Zuckt durch alle Ewigkeit.

Nun, da die Frühlingsblumen wieder blühen,
In milder Luft die weißen Wolken ziehen,
Denk ich mit Wehmut deiner Lieb und Güte,
Du süßes Mädchen, das so früh verblühte.
Du liebtest nicht der Feste Lärm und Gaffen,
Erwähltest dir daheim ein stilles Schaffen,
Die Sorge und Geduld, das Dienen, Geben,
Ein innigliches Nurfürandreleben.
So teiltest du in deines Vaters Haus
Den Himmelsfrieden deiner Seele aus.
Bald aber kamen schwere, schwere Zeiten.
Wir mussten dir die Lagerstatt bereiten;
Wir sahn, wie deine lieben Wangen bleichten,
Sahn deiner Augen wundersames Leuchten;
Wir weinten in der Stille, denn wir wussten,
Dass wir nun bald auf ewig scheiden mussten.
Du klagtest nicht. Voll Milde und Erbarmen
Gedachtest du der bittren Not der Armen,

Gabst ihnen deine ganze kleine Habe
Und seufztest tief, dass so gering die Gabe.
Es war die letzte Nacht und nah das Ende;
Wir küssten dir die zarten, weißen Hände;
Du sprachst, lebt wohl, in deiner stillen Weise,
Und: oh, die schönen Blumen! riefst du leise.
Dann war's vorbei. Die großen Augensterne,
Weit, unbeweglich, starrten in die Ferne,
Indes um deine Lippen, halbgeschlossen,
Ein kindlichernstes Lächeln ausgegossen.
So lagst du da, als hättest du entzückt
Und staunend eine neue Welt erblickt.
Wo bist du nun, du süßes Kind, geblieben?
Bist du ein Bild im Denken deiner Lieben?
Hast du die weißen Schwingen ausgebreitet
Und zogst hinauf von Engelshand geleitet
Zu jener Gottesstadt im Paradiese,
Wo auf der heiligstillen Blütenwiese
Fernher in feierlichem Zug die Frommen
Anbetend zu dem Bild des Lammes kommen?
Wo du auch seist; im Herzen bleibst du mein.
Was Gutes in mir lebt, Dein ist's allein.

Die Sache wird bedenklich

Sokrates, der alte Greis,
Sagte oft in tiefen Sorgen:
»Ach, wie viel ist doch verborgen,
Was man immer noch nicht weiß.«

Und so ist es. – Doch indessen
Darf man eines nicht vergessen:
Eines weiß man doch hienieden,
Nämlich, wenn man unzufrieden. –

Dies ist auch Tobias Knopp,
Und er ärgert sich darob.
Seine zwei Kanarienvögel
Die sind immer froh und kregel,
Während ihn so manches quält,
Weil es ihm bis dato fehlt.

Ja, die Zeit entfliehet schnell;
Knopp, du bist noch Junggesell! –

Zwar für Stiefel, Bett, Kaffee
Sorgt die gute Dorothee;
Und auch, wenn er dann und wann
Etwas nicht alleine kann,
Ist sie gleich darauf bedacht,
Dass sie es zurechte macht.
Doch ihm fehlt Zufriedenheit. –
Nur mit großer Traurigkeit
Bleibt er vor dem Spiegel stehn,
Um sein Bildnis zu besehn.

Vornerum ist alles blank;
Aber hinten, gottseidank,
Denkt er sich mit frohem Hoffen,
Wird noch manches angetroffen.

Auch bemerkt er außerdem,
Was ihm gar nicht recht bequem,
Dass er um des Leibes Mitten
Längst die Wölbung überschritten,
Welche für den Speiseschlauch,
Bei natürlichem Gebrauch,
Wie zum Trinken, so zum Essen,
Festgesetzt und abgemessen. –
Doch es bietet die Natur
Hierfür eine sanfte Kur.

Draußen, wo die Blumen sprießen,
Karrelsbader Salz genießen
Und melodisch sich bewegen,
Ist ein rechter Himmelssegen;
Und es steigert noch die Lust,
Wenn man immer sagt: du musst.

Knopp, der sich dazu entschlossen,
Wandelt treu und unverdrossen.
Manchmal bleibt er sinnend stehn,
Manchmal kann ihn keiner sehn.
Aber bald so geht er wieder
Treu beflissen auf und nieder. –
Dieses treibt er vierzehn Tage;
Darnach steigt er auf die Waage,
Und da wird es freudig kund:
Heißa, minus zwanzig Pfund!

Wieder schwinden vierzehn Tage,
Wieder sitzt er auf der Waage,
Autsch, nun ist ja offenbar
Alles wieder, wie es war.

Ach, so denkt er, diese Welt
Hat doch viel, was nicht gefällt.
Rosen, Tanten, Basen, Nelken
Sind genötigt zu verwelken;
Ach – und endlich auch durch mich
Macht man einen dicken Strich.
Auch von mir wird man es lesen:
Knopp war da und ist gewesen.
Ach, und keine Träne fließt
Aus dem Auge, was es liest;
Keiner wird, wenn ich begraben,
Unbequemlichkeiten haben;
Keine Seele wird geniert,
Weil man keinen Kummer spürt.
Dahingegen spricht man dann:
Was geht dieser Knopp uns an?

Dies mag aber Knopp nicht leiden.
Beim Gedanken, so zu scheiden
In ein unverziertes Grab,
Drückt er eine Träne ab.
Sie liegt da, wo er gesessen,
Seinem Schmerze angemessen.
Dieses ist ja fürchterlich.
Also, Knopp, vermähle dich.
Mach dich auf und sieh dich um,
Reise mal 'n bissel rum.
Sieh mal dies und sieh mal das,
Und pass auf, du findest was.

Einfach ist für seine Zwecke
Das benötigte Gepäcke;
Und die brave Dorothee
Ruft: »Herr Knopp, nanu adjeh!«

(Einleitungsgedicht zu »Tobias Knopp«,
Kap I: »Abenteuer eines Junggesellen«)

Vorbemerk

Vater werden ist nicht schwer,
Vater sein dagegen sehr.

Ersteres wird gern geübt,
Weil es allgemein beliebt.
Selbst der Lasterhafte zeigt,
Dass er gar nicht abgeneigt;
Nur will er mit seinen Sünden
Keinen guten Zweck verbinden,
Sondern, wenn die Kosten kommen,
Fühlet er sich angstbeklommen.
Dieserhalb besonders scheut
Er die fromme Geistlichkeit,
Denn ihm sagt ein stilles Grauen:
Das sind Leute, welche trauen. –
So ein böser Mensch verbleibt
Lieber gänzlich unbeweibt. –
Ohne einen hochgeschätzten
Tugendsamen Vorgesetzten
Irrt er in der Welt umher,
Hat kein reines Hemde mehr,
Wird am Ende krumm und faltig,
Grimmig, gräulich, ungestaltig,

Bis ihn dann bei Nacht und Tag
Gar kein Mädchen leiden mag.
Onkel heißt er günst'gen Falles,
Aber dieses ist auch alles. –

Oh, wie anders ist der Gute!
Er erlegt mit frischem Mute
Die gesetzlichen Gebühren,
Lässt sich redlich kopulieren,
Tut im Stillen hocherfreut
Das, was seine Schuldigkeit,
Steht dann eines Morgens da
Als ein Vater und Papa
Und ist froh aus Herzensgrund,
Dass er dies so gut gekunnt.

(Einleitungsgedicht zu »Tobias Knopp«,
Kap. III: »Julchen«)

Balduin Bählamm – der verhinderte Dichter

Wie wohl ist dem, der dann und wann
Sich etwas Schönes dichten kann!

Der Mensch, durchtrieben und gescheit
Bemerkte schon seit alter Zeit,
Dass ihm hienieden allerlei
Verdrießlich und zuwider sei
Die Freude flieht auf allen Wegen,
Der Ärger kommt uns gern entgegen
Gar mancher schleicht betrübt umher,
Sein Knopfloch ist so öd und leer
Für manchen hat ein Mädchen Reiz,

Nur bleibt die Liebe seinerseits
Doch gibt's noch mehr Verdrießlichkeiten
Zum Beispiel lässt sich nicht bestreiten
Die Sorge, wie man Nahrung findet,
Ist häufig nicht so unbegründet
Kommt einer dann und fragt Wie geht's?
Steht man gewöhnlich oder stets
Gewissermaßen peinlich da,
Indem man spricht Nun, so lala!
Und nur der Heuchler lacht vergnüglich
Und gibt zur Antwort Ei, vorzüglich!
Im Durchschnitt ist man kummervoll
Und weiß nicht, was man machen soll. –

Nicht so der Dichter Kaum missfällt
Ihm diese altgebackne Welt,
So knetet er aus weicher Kleie
Für sich privatim eine neue
Und zieht als freier Musensohn
In die Poetendimension,
Die fünfte, da die vierte jetzt
Von Geistern ohnehin besetzt.
Hier ist es luftig, duftig, schön,
Hier hat er nichts mehr auszustehn,
Hier aus dem mütterlichen Busen
Der ewig wohlgenährten Musen
Rinnt ihm der Stoff beständig neu
In seine saubre Molkerei.
Gleichwie die brave Bauernmutter.
Tagtäglich macht sie frische Butter.
Des Abends spät, des Morgens frühe
Zupft sie am Hinterleib der Kühe
Mit kunstgeübten Handgelenken
Und trägt, was kommt, zu kühlen Schranken,
Wo bald ihr Finger, leicht gekrümmt,
Den fetten Rahm, der oben schwimmt,

Beiseite schöpft und so in Masse
Vereint im hohen Butterfasse.
Jetzt mit durchlöchertem Pistille
Bedrängt sie die geschmeid'ge Fülle
Es kullert, bullert, quitscht und quatscht,
Wird auf und nieder durchgematscht,
Bis das geplagte Element
Vor Angst in Dick und Dünn sich trennt.
Dies ist der Augenblick der Wonne.
Sie hebt das Dicke aus der Tonne,
Legt's in die Mulde, flach von Holz,
Durchknetet es und druckt und rollt's,
Und sieh, in frohen Händen hält se
Die wohlgeratne Butterwälze.

So auch der Dichter – Stillbeglückt
Hat er sich was zurechtgedrückt
Und fühlt sich nun in jeder Richtung
Befriedigt durch die eigne Dichtung
Doch guter Menschen Hauptbestreben
Ist, ändern auch was abzugeben
Der Dichter, dem sein Fabrikat
So viel Genuss bereitet hat,
Er sehnt sich sehr, er kann nicht ruhn,
Auch ändern damit wohl zu tun,
Und muss er sich auch recht bemühn,
Er sucht sich wen und findet ihn,
Und sträubt sich der vor solchen Freuden,
Er kann sein Gluck mal nicht vermeiden
Am Mittelknopfe seiner Weste
Halt ihn der Dichter dringend feste,
Fuhrt ihn beiseit zum guten Zwecke
In eine lauschig stille Ecke,
Und schon erfolgt der Griff, der rasche,
Links in die warme Busentasche,

Und rauschend öffnen sich die Spalten
Des Manuskripts, die viel enthalten.
Die Lippe sprüht, das Auge leuchtet,
Des Lauschers Bart wird angefeuchtet,
Denn nah und warm, wie sanftes Flöten,
Ertönt die Stimme des Poeten –
Vortrefflich! ruft des Dichters Freund;
Dasselbe, was der Dichter meint;
Und, was er sicher weiß, zu glauben,
Darf sich doch jeder wohl erlauben.

Wie schon, wenn dann, was er erdacht,
Empfunden und zurechtgemacht,
Wenn seines Geistes Kunstprodukt,
Im Morgenblättchen abgedruckt,
Vom treuen Kolporteur geleitet,
Sich durch die ganze Stadt verbreitet
Das Wasser kocht – In jedem Hause,
Hervor aus stiller Schlummerklause,
Eilt neu gestärkt und neu gereinigt,
Froh grüßend, weil aufs neu vereinigt,
Hausvater, Mutter, Jüngling, Mädchen
Zum Frühkaffee mit frischen Brötchen
Sie alle bitten nach der Reihe
Das Morgenblatt sich aus, das neue,
Und jeder stutzt und jeder spricht
Was für ein reizendes Gedicht!
Durch die Lorgnetten, durch die Brillen,
Durch weit geöffnete Pupillen,
Erst m den Kopf, dann m das Herz,
Dann kreuz und quer und niederwärts
Fließt's und durchweicht das ganze Wesen
Von allen denen, die es lesen.

Nun lebt in Leib und Seel der Leute,
Umschlossen vom Bezirk der Häute

Und ändern warmen Kleidungsstücken,
Der Dichter fort, um zu beglücken,
Bis dass er schließlich abgenutzt,
Verklungen oder ausgeschwitzt.

Ein schönes Lob! Indessen doch
Das allerschönste blüht ihm noch
Denn Laura, seine süße Qual,
Sein Himmelstraum, sein Ideal,
Die glühend ihm entgegenfliegt,
Besiegt in seinen Armen liegt,
Sie flüstert schmachtend inniglich:
»Göttlicher Mensch, ich schätze dich!
Und dass du so mein Herz gewannst,
Macht bloß, weil du so dichten kannst!!«

Oh, wie beglückt ist doch ein Mann,
Wenn er Gedichte machen kann!

(Erstes Kapitel)

Aus: Zu guter Letzt

Beschränkt

Halt dein Rösslein nur im Zügel,
Kommst ja doch nicht allzu weit.
Hinter jedem neuen Hügel
Dehnt sich die Unendlichkeit.
Nenne niemand dumm und säumig,
Der das Nächste recht bedenkt.
Ach, die Welt ist so geräumig,
Und der Kopf ist so beschränkt.

Die Tute

Wenn die Tante Adelheide
Als Logierbesuch erschien,
Fühlte Fritzchen große Freude,
Denn dann gab es was für ihn.

Immer hat die liebe Gute
Tief im Reisekorb versteckt
Eine angenehme Tute,
Deren Inhalt köstlich schmeckt.

Täglich wird dem braven Knaben
Draus ein hübsches Stück beschert,
Bis wir schließlich nichts mehr haben
Und die Tante weiterfährt.

Mit der Post fuhr sie von hinnen.
Fritzchens Trauer ist nur schwach.
Einer Tute, wo nichts drinnen,
Weint man keine Träne nach.

Bewaffneter Friede

Ganz unverhofft, an einem Hügel,
Sind sich begegnet Fuchs und Igel.

Halt, rief der Fuchs, du Bösewicht!
Kennst du des Königs Ordre nicht?
Ist nicht der Friede längst verkündigt,
Und weißt du nicht, dass jeder sündigt,
Der immer noch gerüstet geht?
Im Namen seiner Majestät
Geh her und übergib dein Fell.

Der Igel sprach: Nur nicht so schnell.
Lass dir erst deine Zähne brechen,
Dann wollen wir uns weiter sprechen!

Und allsogleich macht er sich rund,
Schließt seinen dichten Stachelbund
Und trotzt getrost der ganzen Welt,
Bewaffnet, doch als Friedensheld.

Die Affen

Der Bauer sprach zu seinem Jungen:
Heut in der Stadt da wirst du gaffen.
Wir fahren hin und sehn die Affen.

Es ist gelungen
Und um sich schief zu lachen,
Was die für Streiche machen
Und für Gesichter,
Wie rechte Bösewichter.
Sie krauen sich,

Sie zausen sich,
Sie hauen sich,
Sie lausen sich,
Beschnuppern dies, beknuppern das,
Und keiner gönnt dem andern was,
Und essen tun sie mit der Hand,
Und alles tun sie mit Verstand,
Und jeder stiehlt als wie ein Rabe.
Pass auf, das siehst du heute.

O Vater, rief der Knabe,
Sind Affen denn auch Leute?

Der Vater sprach: Nun ja,
Nicht ganz, doch so beinah.

Pst!

Es gibt ja leider Sachen und Geschichten,
Die reizend und pikant,
Nur werden sie von Tanten und von Nichten
Niemals genannt.

Verehrter Freund, so sei denn nicht vermessen,
Sei zart und schweig auch du.
Bedenk: Man liebt den Käse wohl, indessen
Man deckt ihn zu.

Kopf und Herz

Wie es scheint, ist die Moral
Nicht so bald beleidigt,

Während Schlauheit allemal
Wütend sich verteidigt.

Nenn den Schlingel liederlich,
Leicht wird er's verdauen;
Nenn ihn dumm, so wird er dich,
Wenn er kann, verhauen.

Fink und Frosch

Auf leichten Schwingen frei und flink
Zum Lindenwipfel flog der Fink
Und sang an dieser hohen Stelle
Sein Morgenlied so glockenhelle.

Ein Frosch, ein dicker, der im Grase
Am Boden hockt, erhob die Nase,
Strich selbstgefällig seinen Bauch
Und denkt: Die Künste kann ich auch.

Alsbald am rauen Stamm der Linde
Begann er, wenn auch nicht geschwinde,
Doch mit Erfolg, emporzusteigen,
Bis er zuletzt von Zweig zu Zweigen,
Wobei er freilich etwas keucht,
Den höchsten Wipfelpunkt erreicht
Und hier sein allerschönstes Quacken
Ertönen lässt aus vollen Backen.

Der Fink, dem dieser Wettgesang
Nicht recht gefällt, entfloh und schwang
Sich auf das steile Kirchendach.

Wart, rief der Frosch, ich komme nach.
Und richtig ist er fortgeflogen,
Das heißt, nach unten hin im Bogen,
So dass er schnell und ohne Säumen,
Nach mehr als zwanzig Purzelbäumen,
Zur Erde kam mit lautem Quack,
Nicht ohne großes Unbehagen.

Er fiel zum Glück auf seinen Magen,
Den dicken weichen Futtersack,
Sonst hätt er sicher sich verletzt.

Heil ihm! Er hat es durchgesetzt.

Verwunschen

Geld gehört zum Ehestande,
Hässlichkeit ist keine Schande,
Liebe ist beinah absurd.
Drum, du nimmst den Junker Jochen
Innerhalb der nächsten Wochen.
Also sprach der Ritter Kurt.

Vater, flehte Kunigunde,
Schone meine Herzenswunde,
Ganz umsonst ist dein Bemühn.
Ja, ich schwör's bei Erd und Himmel,
Niemals nehm ich diesen Lümmel,
Ewig, ewig hass ich ihn.

Nun, wenn Worte nicht mehr nützen,
Dann so bleibe ewig sitzen,
Marsch mit dir ins Burgverlies.
Zornig sagte dies der Alte,

Als er in die feuchte, kalte
Kammer sie hinunterstieß.

Jahre kamen, Jahre schwanden.
Nichts im Schlosse blieb vorhanden
Außer Kunigundens Geist.
Dort, wo graue Ratten rasseln,
Sitzt sie zwischen Kellerasseln,
Von dem Feuermolch umkreist.

Heut noch ist es nicht geheuer
In dem alten Burggemäuer
Um die Mitternacht herum.
Wehe, ruft ein weißes Wesen,
Will denn niemand mich erlösen?
Doch die Wände bleiben stumm.

Ungenügend

Sei es freundlich, sei es böse,
Meist genügend klar und scharf
Klingt des Mundes Wortgetöse
Für den täglichen Bedarf.

Doch die Höchstgefühle heischen
Ihren ganz besondern Klang;
Dann sagt grunzen oder kreischen
Mehr als Rede und Gesang.

Noch zwei?

Durch das Feld ging die Familie,
Als mit glückbegabter Hand
Sanft errötend Frau Ottilie
Eine Doppelähre fand.

Was die alte Sage kündet,
Hat sich öfter schon bewährt:
Dem, der solche Ähren findet,
Wird ein Doppelglück beschert.

Vater Franz blickt scheu zur Seite.
Zwei zu fünf, das wäre viel.
Kinder, sprach er, aber heute
Ist es ungewöhnlich schwül.

Die Teilung

Es hat einmal, so wird gesagt,
Der Löwe mit dem Wolf gejagt.
Da haben sie vereint erlegt
Ein Wildschwein stark und gut gepflegt.

Doch als er ans Verteilen ging,
Dünkt das dem Wolf ein misslich Ding.

Der Löwe sprach: Was grübelst du?
Glaubst du, es geht nicht redlich zu?
Dort kommt der Fuchs, er mag entscheiden,
Was jedem zukommt von uns beiden.

Gut, sagt der Wolf, dem solch ein Freund
Als Richter gar nicht übel scheint.

Der Löwe winkt dem Fuchs sogleich:
Herr Doktor, das ist was für Euch.
Hier dieses jüngst erlegte Schwein,
Bedenkt es wohl, ist mein und sein.
Ich fasst es vorn, er griff es hinten;
Jetzt teilt es uns, doch ohne Finten.

Der Fuchs war ein Jurist von Fach.
Sehr einfach, spricht er, liegt die Sach.
Das Vorderteil, ob viel, ob wenig,
Erhält mit Fug und Recht der König.
Dir aber, Vetter Isegrim,
Gebührt das Hinterteil. Da nimm!

Bei diesem Wort trennt er genau
Das Schwänzlein hinten von der Sau;
Indes der Wolf verschmäht die Beute,
Verneigt sich kurz und geht beiseite.

Fuchs, sprach der Löwe, bleibt bei mir.
Von heut an seid Ihr Großvezier.

Nicht artig

Man ist ja von Natur kein Engel,
Vielmehr ein Welt- und Menschenkind,
Und rings umher ist ein Gedrängel
Von solchen, die dasselbe sind.

In diesem Reich geborner Flegel,
Wer könnte sich des Lebens freun,
Würd es versäumt, schon früh die Regel
Der Rücksicht kräftig einzubläun.

Es saust der Stock, es schwirrt die Rute.
Du darfst nicht zeigen, was du bist.
Wie schad, o Mensch, dass dir das Gute
Im Grunde so zuwider ist.

Der gütige Wandrer

Fing man vorzeiten einen Dieb,
Hing man ihn auf mit Schnellbetrieb,
Und meinte man, er sei verschieden,
Ging man nach Haus und war zufrieden.

Ein Wandrer von der weichen Sorte
Kam einst zu solchem Galgenorte
Und sah, dass oben einer hängt,
Dem kürzlich man den Hals verlängt.

Sogleich, als er ihn baumeln sieht,
Zerfließt in Tränen sein Gemüt.
Ich will den armen Schelm begraben,
Denkt er, sonst fressen ihn die Raben.

Nicht ohne Müh, doch mit Geschick,
Klimmt er hinauf und löst den Strick;
Und jener, der im Wind geschwebt,
Liegt unten, scheinbar unbelebt.

Sieh da, nach Änderung der Lage
Tritt neu die Lebenskraft zutage,
So dass der gute Delinquent
Die Welt ganz deutlich wiederkennt.

Zärtlich, als wär's der eigne Vetter,
Umarmt er seinen Lebensretter,

Nicht einmal, sondern noch einmal,
Vor Freude nach so großer Qual.

Mein lieber Mitmensch, sprach der Wandrer,
Geh in dich, sei hinfür ein andrer.
Zum Anfang für dein neues Leben
Werd ich dir jetzt zwei Gulden geben.

Das Geben tat ihm immer wohl.
Rasch griff er in sein Kamisol,
Wo er zur langen Pilgerfahrt
Den vollen Säckel aufbewahrt.
Er sucht und sucht und fand ihn nicht,
Und länger wurde sein Gesicht.
Er sucht und suchte, wie ein Narr,
Weit wird der Mund, das Auge starr,
Bald ist ihm heiß, bald ist ihm kalt.

Der Dieb verschwand im Tannenwald.

Reue

Die Tugend will nicht immer passen,
Im ganzen lässt sie etwas kalt,
Und dass man eine unterlassen,
Vergisst man bald.

Doch schmerzlich denkt manch alter Knaster,
Der von vergangnen Zeiten träumt,
An die Gelegenheit zum Laster,
Die er versäumt.

Bestimmung

Ein Fuchs von flüchtiger Moral
Und unbedenklich, wenn er stahl,
Schlich sich bei Nacht zum Hühnerstalle
Von einem namens Jochen Dralle,
Der, weil die Mühe ihn verdross,
Die Tür mal wieder nicht verschloss.

Er hat sich, wie er immer pflegt,
So wie er war zu Bett gelegt.
Er schlief und schnarchte auch bereits.

Frau Dralle, welche ihrerseits
Noch wachte, denn sie hat die Grippe,
Stieß Jochen an die kurze Rippe.
Du, rief sie flüsternd, hör doch bloß,
Im Hühnerstall da ist was los;
Das ist der Fuchs, der alte Racker.

Und schon ergriff sie kühn und wacker,
Obgleich sie nur im Nachtgewand,
Den Besen, der am Ofen stand,
Indes der Jochen leise flucht
Und erst mal Licht zu machen sucht.

Sie ging voran, er hinterdrein.
Es pfeift der Wind, die Hühner schrein.

Nur zu, mahnt Jochen, sei nur dreist
Und sag Bescheid, wenn er dich beißt.

Umsonst sucht sich der Dieb zu drücken
Vor Madam Dralles Geierblicken.
Sie schlägt ihm unaussprechlich schnelle
Zwei-, dreimal an derselben Stelle

Mit ihres Besens hartem Stiel
Aufs Nasenbein. Das war zu viel. –

Ein jeder kriegt, ein jeder nimmt
In dieser Welt, was ihm bestimmt.

Der Fuchs, nachdem der Balg herab,
Bekommt ein Armesündergrab.

Frau Dralle, weil sie leicht gesinnt
Sich ausgesetzt dem Winterwind
Zum Trotz der Selbsterhaltungspflicht,
Kriegt zu der Grippe noch die Gicht.

Doch Jochen kriegte hocherfreut
Infolge der Gelegenheit
Von Pelzwerk eine warme Kappe
Mit Vorder- und mit Hinterklappe.

Stets hieß es dann, wenn er sie trug:
Derist es, der den Fuchs erschlug

Die Freunde

Zwei Knaben, Fritz und Ferdinand,
Die gingen immer Hand in Hand,
Und selbst in einer Herzensfrage
Trat ihre Einigkeit zutage.

Sie liebten beide Nachbars Käthchen,
Ein blondgelocktes kleines Mädchen.

Einst sagte die verschmitzte Dirne:
Wer holt mir eine Sommerbirne,

Recht saftig, aber nicht zu klein?
Hernach soll er der Beste sein.

Der Fritz nahm seinen Freund beiseit
Und sprach: Das machen wir zu zweit;
Da drüben wohnt der alte Schramm,
Der hat den schönsten Birnenstamm;
Du steigst hinauf und schüttelst sacht,
Ich lese auf und gebe Acht.

Gesagt, getan. Sie sind am Ziel.
Schon als die erste Birne fiel,
Macht Fritz damit sich aus dem Staube,
Denn eben schlich aus dunkler Laube,
In fester Faust ein spanisch Rohr,
Der aufmerksame Schramm hervor.

Auch Ferdinand sah ihn beizeiten
Und tat am Stamm heruntergleiten
In Ängstlichkeit und großer Hast,
Doch eh er unten Fuß gefasst,
Begrüßt ihn Schramm bereits mit Streichen,
Als wollt er einen Stein erweichen.

Der Ferdinand, voll Schmerz und Hitze,
Entfloh und suchte seinen Fritze.

Wie angewurzelt blieb er stehn.
Ach hätt er es doch nie gesehn:

Die Käthe hat den Fritz geküsst,
Worauf sie eine Birne isst.

Seit dies geschah, ist Ferdinand
Mit Fritz nicht mehr so gut bekannt.

Der Kobold

In einem Häuschen, sozusagen –
(Den ersten Stock bewohnt der Magen)
In einem Häuschen war's nicht richtig.
Darinnen spukt und tobte tüchtig
Ein Kobold, wie ein wildes Bübchen,
Vom Keller bis zum Oberstübchen.
Fürwahr, es war ein bös Getös.
Der Hausherr wird zuletzt nervös,
Und als ein desperater Mann
Steckt er kurzweg sein Häuschen an
Und baut ein Haus sich anderswo
Und meint, da ging es ihm nicht so.
Allein, da sieht er sich betrogen.
Der Kobold ist mit umgezogen
Und macht Spektakel und Rumor
Viel ärger noch als wie zuvor.
Ha, rief der Mann, wer bist du, sprich.
Der Kobold lacht: Ich bin dein Ich.

Der Begleiter

Hans, der soeben in der Stadt
Sein fettes Schwein verwertet hat,
Ging spät nach Haus bei Mondenschein.
Ein Fremder folgt und holt ihn ein.

Grüß Gott, rief Hans, das trifft sich gut,
Zu zweit verdoppelt sich der Mut.

Der Fremde denkt: Ha zapperlot,
Der Kerl hat Geld, ich schlag ihn tot,

Nur nicht von vorn, dass er es sieht,
Dagegen sträubt sich mein Gemüt.

Und weiter gehn sie allgemach,
Der Hans zuvor, der Fremde nach.

Jetzt, denkt sich dieser, mach ich's ab.
Er hob bereits den Knotenstab.

Was gilt die Butter denn bei euch?
Fragt Hans und dreht sich um zugleich.

Der Fremde schweigt, der Fremde stutzt,
Der Knittel senkt sich unbenutzt.

Und weiter gehn sie allgemach,
Der eine vor, der andre nach.

Hier, wo die dunklen Tannen stehn,
Hier, denkt der Fremde, soll's geschehn.

Spielt man auch Skat bei euch zuland?
Fragt Hans und hat sich umgewandt.

Der Fremde nickt und steht verdutzt,
Der Knittel senkt sich unbenutzt.

Und weiter gehn sie allgemach,
Der eine vor, der andre nach.

Hier, denkt der Fremde, wo das Moor,
Hier hau ich fest ihm hinters Ohr.

Und wieder dreht der Hans sich um.
Prost, rief er fröhlich, mögt ihr Rum?

Und zog ein Fläschlein aus dem Rock.
Der Fremde senkt den Knotenstock,
Tät einen Zug der war nicht schwach,
Und weiter gehn sie allgemach.

Schon sind sie aus dem Wald heraus,
Und schau, da steht das erste Haus.
Es kräht der Hahn, es bellt der Spitz.

Dies, rief der Hans, ist mein Besitz.
Tritt ein, du ehrlicher Gesell,
Und nimm den Dank für dein Geleit.

Doch der Gesell entfernt sich schnell,
Vermutlich aus Bescheidenheit.

Der Ruhm

Der Ruhm, wie alle Schwindelware,
Hält selten über tausend Jahre.
Zumeist vergeht schon etwas eh'r
Die Haltbarkeit und die Kulör.

Ein Schmetterling voll Eleganz,
Genannt der Ritter Schwalbenschwanz,
Ein Exemplar von erster Güte,
Begrüßte jede Doldenblüte
Und holte hier und holte da
Sich Nektar und Ambrosia.

Mitunter macht er sich auch breit
In seiner ganzen Herrlichkeit
Und zeigt den Leuten seine Orden
Und ist mit Recht berühmt geworden.

Die jungen Mädchen fanden dies
Entzückend, goldig, reizend, süß.

Vergeblich schwenkten ihre Mützen
Die Knaben, um ihn zu besitzen.

Sogar der Spatz hat zugeschnappt
Und hätt ihn um ein Haar gehabt.

Jetzt aber naht sich ein Student,
Der seine Winkelzüge kennt.

In einem Netz mit engen Maschen
Tat er den Flüchtigen erhaschen,
Und da derselbe ohne Tadel,
Spießt er ihn auf die heiße Nadel.

So kam er unter Glas und Rahmen
Mit Datum, Jahreszahl und Namen
Und bleibt berühmt und unvergessen,
Bis ihn zuletzt die Motten fressen.

Man möchte weinen, wenn man sieht,
Dass dies das Ende von dem Lied.

Der Philosoph

Ein Philosoph von ernster Art
Der sprach und strich sich seinen Bart:

Ich lache nie. Ich lieb es nicht,
Mein ehrenwertes Angesicht
Durch Zähnefletschen zu entstellen
Und närrisch wie ein Hund zu bellen;

Ich lieb es nicht, durch ein Gemecker
Zu zeigen, dass ich Witzentdecker;
Ich brauche nicht durch Wertvergleichen
Mit andern mich herauszustreichen,
Um zu ermessen, was ich bin,
Denn dieses weiß ich ohnehin.

Das Lachen will ich überlassen
Den minder hochbegabten Klassen.

Ist einer ohne Selbstvertraun
In Gegenwart von schönen Fraun,
So dass sie ihn als faden Gecken
Abfahren lassen oder necken,
Und fühlt er drob geheimen Groll
Und weiß nicht, was er sagen soll,
Dann schwebt mit Recht auf seinen Zügen
Ein unaussprechliches Vergnügen.

Und hat er Kursverlust erlitten,
Ist er moralisch ausgeglitten,
So gibt es Leute, die doch immer
Noch dümmer sind als er und schlimmer,
Und hat er etwa krumme Beine,
So gibt's noch krümmere als seine.
Er tröstet sich und lacht darüber
Und denkt: Da bin ich mir doch lieber.

Den Teufel lass ich aus dem Spiele.
Auch sonst noch lachen ihrer viele,
Besonders jene ewig Heitern,
Die unbewusst den Mund erweitern,
Die, sozusagen, auserkoren
Zum Lachen bis an beide Ohren.

Sie freuen sich mit Weib und Kind
Schon bloß, weil sie vorhanden sind.

Ich dahingegen, der ich sitze
Auf der Betrachtung höchster Spitze,
Weit über allem Was und Wie,
Ich bin für mich und lache nie.

Erneuerung

Die Mutter plagte ein Gedanke.
Sie kramt im alten Kleiderschranke,
Wo Kurz und Lang, obschon gedrängt,
Doch friedlich, beieinander hängt.

Auf einmal ruft sie: Ei sieh da,
Der Schwalbenschwanz, da ist er ja!

Den blauen, längst nicht mehr benützten,
Den hinten zwiefach zugespitzten,
Mit blanken Knöpfen schön geschmückt,
Der einst so manches Herz berückt,

Ihn trägt sie klug und überlegt
Dahin, wo sie zu schneidern pflegt,
Und trennt und wendet, näht und misst,
Bis dass das Werk vollendet ist.

Auf die Art aus des Vaters Fracke
Kriegt Fritzchen eine neue Jacke.

Grad so behilft sich der Poet.
Du liebe Zeit, was soll er machen?

Gebraucht sind die Gedankensachen
Schon alle, seit die Welt besteht.

Der Asket

Im Hochgebirg vor seiner Höhle
Saß der Asket;
Nur noch ein Rest von Leib und Seele
Infolge äußerster Diät.

Demütig ihm zu Füßen kniet
Ein Jüngling, der sich längst bemüht,
Des strengen Büßers strenge Lehren
Nachdenklich prüfend anzuhören.

Grad schließt der Klausner den Sermon
Und spricht: Bekehre dich, mein Sohn.
Verlass das böse Weltgetriebe.
Vor allem unterlass die Liebe,
Denn grade sie erweckt aufs neue
Das Leben und mit ihm die Reue.
Da schau mich an. Ich bin so leicht,
Fast hab ich schon das Nichts erreicht,
Und bald verschwind ich in das reine
Zeit-, raum- und traumlos Allundeine.

Als so der Meister in Ekstase,
Sticht ihn ein Bienchen in die Nase.

Oh, welch ein Schrei!
Und dann das Mienenspiel dabei.

Der Jüngling stutzt und ruft: Was seh ich?
Wer solchermaßen leidensfähig,

Wer so gefühlvoll und empfindlich,
Der, fürcht ich, lebt noch viel zu gründlich
Und stirbt noch nicht zum letzten Mal.

Mit diesem kühlen Wort empfahl
Der Jüngling sich und stieg hernieder
Ins tiefe Tal und kam nicht wieder.

Der Narr

Er war nicht unbegabt. Die Geisteskräfte
Genügten für die laufenden Geschäfte.
Nur hat er die Marotte,
Er sei der Papst. Dies sagt er oft und gern
Für jedermann zum Ärgernis und Spotte,
Bis sie zuletzt ins Narrenhaus ihn sperrn.

Ein guter Freund, der ihn daselbst besuchte,
Fand ihn höchst aufgeregt. Er fluchte:
Zum Kuckuck, das ist doch zu dumm.
Ich soll ein Narr sein und weiß nicht warum.

Ja, sprach der Freund, so sind die Leute.
Man hat an einem Papst genug.
Du bist der zweite.
Das eben kann man nicht vertragen.
Hör zu, ich will dir mal was sagen:
Wer schweigt, ist klug.

Der Narr verstummt, als ob er überlege.
Der gute Freund ging leise seiner Wege.

Und schau, nach vierzehn Tagen grade
Da traf er ihn schon auf der Promenade.

Ei, rief der Freund, wo kommst du her?
Bist du denn jetzt der Papst nicht mehr?

Freund, sprach der Narr und lächelt schlau,
Du scheinst zur Neugier sehr geneigt.
Das, was wir sind, weiß ich genau.
Wir alle haben unsern Sparren,
Doch sagen tun es nur die Narren.
Der Weise schweigt.

Dunkle Zukunft

Fritz, der mal wieder schrecklich träge,
Vermutet, heute gibt es Schläge,
Und knöpft zur Abwehr der Attacke
Ein Buch sich unter seine Jacke,
Weil er sich in dem Glauben wiegt,
Dass er was auf den Buckel kriegt.

Die Schläge trafen richtig ein.
Der Lehrer meint es gut. Allein
Die Gabe wird für heut gespendet
Mehr unten, wo die Jacke endet,
Wo Fritz nur äußerst leicht bekleidet
Und darum ganz besonders leidet.

Ach, dass der Mensch so häufig irrt
Und nie recht weiß, was kommen wird!

Der Geist

Es war ein Mägdlein froh und keck,
Stets lacht ihr Rosenmund,
Ihr schien die Liebe Lebenszweck
Und alles andre Schund.

Sie denkt an nichts als an Pläsier,
Seitdem die Mutter tot,
Sie lacht und liebt, obgleich es ihr
Der Vater oft verbot.

Einst hat sie frech und unbedacht
Den Schatz, der ihr gefällt,
Sich für die Zeit um Mitternacht
Zum Kirchhof hinbestellt.

Und als sie kam zum Stelldichein,
O hört, was sich begab,
Da stand ein Geist im Mondenschein
Auf ihrer Mutter Grab.

Er steht so starr, er steht so stumm,
Er blickt so kummervoll.
Das Mägdlein dreht sich schaudernd um
Und rennt nach Haus wie toll.

Es wird, wer einen Geist gesehn,
Nie mehr des Lebens froh,
Er fühlt, es ist um ihn geschehn.
Dem Mägdlein ging es so.

Sie welkt dahin, sie will und mag
Nicht mehr zu Spiel und Tanz.
Man flocht ihr um Johannistag
Bereits den Totenkranz.

Der Spatz

Ich bin ein armer Schreiber nur,
Hab weder Haus noch Acker,
Doch freut mich jede Kreatur,
Sogar der Spatz, der Racker.

Er baut von Federn, Haar und Stroh
Sein Nest geschwind und flüchtig,
Er denkt, die Sache geht schon so,
Die Schönheit ist nicht wichtig.

Wenn man den Hühnern Futter streut,
Gleich mengt er sich dazwischen,
Um schlau und voller Rührigkeit
Sein Körnlein zu erwischen.

Maikäfer liebt er ungemein,
Er weiß sie zu behandeln;
Er hackt die Flügel, zwackt das Bein
Und knackt sie auf wie Mandeln.

Im Kirschenbaum frisst er verschmitzt
Das Fleisch der Beeren gerne;
Dann hat, wer diesen Baum besitzt,
Nachher die schönsten Kerne.

Es fällt ein Schuss. Der Spatz entfleucht
Und ordnet sein Gefieder.
Für heute bleibt er weg vielleicht,
Doch morgen kommt er wieder.

Und ist es Winterzeit und hat's
Geschneit auf alle Dächer,
Verhungern tut kein rechter Spatz,
Er kennt im Dach die Löcher.

Ich rief: Spatz komm, ich füttre dich!
Er fasst mich scharf ins Auge.
Er scheint zu glauben, dass auch ich
Im Grunde nicht viel tauge.

Oben und unten

Dass der Kopf die Welt beherrsche,
Wär zu wünschen und zu loben.
Längst vor Gründen wär die närr'sche
Gaukelei in nichts zerstoben.

Aber wurzelhaft natürlich
Herrscht der Magen nebst Genossen,
Und so treibt, was unwillkürlich,
Täglich tausend neue Sprossen.

Aus: Hernach

Prosaischer Kauz

Der holde Mond erhebt sich leise.
Ein alter Kauz denkt nur an Mäuse.

Osterhas

Es ist das Osterfest alljährlich
Doch für den Hasen recht beschwerlich.

Der Dorfpolitiker

Altenteiler liest mit Ruh
In der Landeszeitung;
Friedlich grast die treue Kuh
Unter seiner Leitung.

Wenn sich zwei so einig sind
Und sich lange kennen,
Ach, wie kommt dann oft geschwind
Einer, sie zu trennen.

Dass die Trennung möglichst kurz,
Die die zwei betroffen,
Dass nicht gar zu hart der Sturz,
Nun, wir wollen's hoffen.

Eule und Star

Guten Tag, Frau Eule!
Habt Ihr Langeweile? –
Ja, eben jetzt,
Solang Ihr schwätzt!

Der unverschämte Igel

In einem Baumstamm, unten hohl,
Da sitzt der Has und fühlt sich wohl

Ein Igel, dem der Ort gefiel,
Möcht auch hinein, weil's draußen kühl.

Der Hase, voller Gütigkeit,
Macht höflich Platz und rückt beiseit.

Doch kaum ist er beiseit gerückt,
Fühlt er bereits, dass ihn was prickt.

Und plötzlich so geprickelt hat's,
Er muss heraus mit einem Satz.

Oh, unverschämtes Stacheltier!
Aha, der Fuchs ist auch schon hier.

Zwar gleich macht sich der Igel dick
Und zieht sich in sich selbst zurück.

Der Fuchs, der gern den Igel frisst,
Weiß aber, was zu machen ist.

Und weiß, wie man ihn fassen kann,
Und schüttelt und verzehrt ihn dann.

Hier liegt die Haut, ganz hohl und leer.
Den Hasen, scheint's, erfreut es sehr.

Doch innerlich, so wie man sieht,
Ging ihm die Sache zu Gemüt.

Gottlob, nun sitzt der gute Has
Gemütlich wieder, wo er saß.

Aus: Schein und Sein

Mein Kind, es sind allhier die Dinge,
Gleichviel, ob große, ob geringe,
Im Wesentlichen so verpackt,
Dass man sie nicht wie Nüsse knackt.

Wie wolltest du dich unterwinden,
Kurzweg die Menschen zu ergründen.
Du kennst sie nur von außenwärts.
Du siehst die Weste, nicht das Herz.

Woher, Wohin?

Wo sich Ewigkeiten dehnen,
Hören die Gedanken auf,
Nur der Herzen frommes Sehnen
Ahnt, was ohne Zeitenlauf.

Wo wir waren, wo wir bleiben,
Sagt kein kluges Menschenwort;
Doch die Grübelgeister schreiben:
Bist du weg, so bleibe fort.

Lass dich nicht aufs neu gelüsten.
Was geschah, es wird geschehn.
Ewig an des Lebens Küsten
Wirst du scheiternd untergehn.

Selbstgefällig

Mein Büdelein
Is noch so tlein,
Is noch so dumm,
Ein ames Wum,
Muss tille liegen
In seine Wiegen
Und hat noch keine Hos'.
Ätsch, ätsch!
Und ich bin schon so goß.

Zum Geburtstag im Juni

Den Jahreszeiten allen
Selbviert sei Preis und Ehr!
Nur sag ich: Mir gefallen
Sie minder oder mehr.

Der Frühling wird ja immer
Gerühmt, wie sich's gebührt,
Weil er mit grünem Schimmer
Die graue Welt verziert.

Doch hat in unsrer Zone
Er durch den Reif der Nacht
Schon manche grüne Bohne
Und Gurke umgebracht.

Stets wird auch Ruhm erwerben
Der Herbst, vorausgesetzt,
Dass er mit vollen Körben
Uns Aug und Mund ergötzt.

Indes durch leises Tupfen
Gemahnt er uns bereits:
Bald, Kinder, kommt der Schnupfen
Und 's Gripperl seinerseits.

Der Winter kommt. Es blasen
Die Winde scharf und kühl;
Rot werden alle Nasen,
Und Kohlen braucht man viel.

Nein, mir gefällt am besten
Das, was der Sommer bringt,
Wenn auf belaubten Ästen
Die Schar der Vöglein singt.

Wenn Rosen, zahm und wilde,
In vollster Blüte stehn,
Wenn über Lustgefilde
Zephire kosend wehn.

Und wollt' mich einer fragen,
Wann's mir im Sommer dann
Besonders tat behagen,
Den Juni gäb ich an.

Und wieder dann darunter
Den selben Tag gerad,
Wo einst ein Kindlein munter
Zuerst zutage trat.
Drum flattert dies Gedichtchen
Jetzt über Berg und Tal
Und grüßt das liebe Nichtchen
Vom Onkel tausendmal.

Empfehlung

Du bist nervös. Drum lies doch mal
Das Buch, das man dir anempfahl.

Es ist beinah wie eine Reise
Im alten wohlbekannten Gleise.

Der Weg ist grad und flach das Land,
Rechts, links und unten nichts wie Sand,
Kein Räderlärm verbittert dich,
Kein harter Stoß erschüttert dich,
Und bald umfängt dich sanft und kühl
Ein Kaumvorhandenseinsgefühl.
Du bist behaglich eingenickt.
Dann, wenn du angenehm erquickt,
Kehrst du beim »stillen Wirte« ein.
Da gibt es weder Bier noch Wein.
Du schlürfst ein wenig Apfelmost,
Isst eine leichte Löffelkost
Mit wenig Fett und vieler Grütze,
Gehst früh zu Bett in spitzer Mütze
Und trinkst zuletzt ein Gläschen Wasser.

Schlaf wohl, und segne den Verfasser!

Beruhigt

Zwei mal zwei gleich vier ist Wahrheit.
Schade, dass sie leicht und leer ist,
Denn ich wollte lieber Klarheit
Über das, was voll und schwer ist.

Emsig sucht ich aufzufinden,
Was im tiefsten Grunde wurzelt,
Lief umher nach allen Winden
Und bin oft dabei gepurzelt.

Endlich baut ich eine Hütte.
Still nun zwischen ihren Wänden
Sitz ich in der Welten Mitte,
Unbekümmert um die Enden.

Wassermuhmen

In dem See die Wassermuhmen
Wollen ihr Vergnügen haben,
Fangen Mädchen sich und Knaben,
Machen Frösche draus und Blumen.

Wie die Blümlein zierlich knicksen,
Wie die Fröschlein zärtlich quacken,
Wie sie flüstern, wie sie schnacken,
So was freut die alten Nixen.

Gründer

Geschäftig sind die Menschenkinder,
Die große Zunft von kleinen Meistern,
Als Mitbegründer, Miterfinder
Sich diese Welt zurechtzukleistern.

Nur leider kann man sich nicht einen,
Wie man das Ding am besten mache.

Das Bauen mit belebten Steinen
Ist eine höchst verzwickte Sache.

Welch ein Gedrängel und Getriebe
Von Lieb und Hass bei Nacht und Tage,
Und unaufhörlich setzt es Hiebe,
Und unaufhörlich tönt die Klage.

Gottlob, es gibt auch stille Leute,
Die meiden dies Gewühl und hassen's
Und bauen auf der andern Seite
Sich eine Welt des Unterlassens.

Wiedergeburt

Wer nicht will, wird nie zunichte,
Kehrt beständig wieder heim.
Frisch herauf zum alten Lichte
Dringt der neue Lebenskeim.

Keiner fürchtet zu versinken,
Der ins tiefe Dunkel fährt.
Tausend Möglichkeiten winken
Ihm, der gerne wiederkehrt.

Dennoch seh ich dich erbeben,
Eh du in die Urne langst.
Weil dir bange vor dem Leben,
Hast du vor dem Tode Angst.

Rechthaber

Seine Meinung ist die rechte,
Wenn er spricht, müsst ihr verstummen,
Sonst erklärt er euch für Schlechte
Oder nennt euch gar die Dummen.

Leider sind dergleichen Strolche
Keine seltene Erscheinung.
Wer nicht taub, der meidet solche
Ritter von der eignen Meinung.

Am Vorabend von Rosens Geburtstag

Lauschend am Fenster sitzt der Poet. –
Draußen die Blumen und Pflänzchen
Halten ihr Abendkränzchen
Auf dem Gartenbeet.

Der Mond in Silberlivree,
Leise geschäftig,
Kredenzt den Tau, den Blütentee,
Anregend und kräftig.

Und von Kelch zu Kelche
Geht ein Geflüster:
Also morgen ist er!

FRAU EHRENPREIS (Veronika)
Ja, morgen feiert sie
Ihren werten Entsprießungstag –

Taubnessel (mit dem Hörrohr)
Hä was? Hä welche?

Frau Ehrenpreis (lauter)
– – Drüben im Garten die schöne Frau Rose – –

Taubnessel
Ah! mit den zwei Knospen die!

Frau Ehrenpreis
– – die tadel- und dornenlose – –

Distel (für sich)
Wer's glauben mag!

Frau Ehrenpreis
–Von Duft und Glanz umwoben.

Distel
Man weiß, man weiß!
Die gute Frau Ehrenpreis
Muss immer loben.
Und doch hat unser Röschen, das feine,
Allerlei kleine
Grillen und Räupchen
Unter dem zierlichen Häubchen.

Gänseblümchen
O wie reizend!

Distel
Bald steht sie da so mildiglich
Und senkt die Blätter,
Bald rüttelt, schüttelt und spreizt sie sich,
Je nach dem Wetter.

Gänseblümchen
O wie reizend!

Klatschrose
Ja reizend, das wollt ich meinen!
Drum sieht man auch häufig den Löwenzahn,
Den Rittersporn und den Baldrian
Dort wachsen und erscheinen.

Gänseblümchen
O wie reizend!

Klatschrose
Ja reizend, ganz recht!
Und dann dieser Musenknecht,
Dieser Dichter –

Distel
Der Versetrichter –

Klatschrose
– mit den langen Locken –

Distel
– mit dem Loch im Socken.

Gänseblümchen
O wie reizend!

Klatschrose
Alltäglich kläglich mit Gefühl
In ihrer Nähe
Entlockt er seinem Saitenspiel
Lieblich Getön
Und singt so schön –

DISTEL
– wie 'ne Mantelkrähe.

KLATSCHROSE
Zum Beispiel, noch gestern – –

LILIE (sanft)
Geliebte Schwestern! –

FRAU EHRENPREIS
Ihr Muster der Milde!
Ihr Tugendgebilde!

LILIE
Wen sollte der festliche Tag nicht rühren!
Ich denke doch – –

LEVKOJE, TULPE, PÄONIE, PHLOX usw.
Ja, ja, wir alle gratulieren!!

FRAU EHRENPREIS
Ein Schöngeist blüht in unsrer Mitte,
Ein hochgeschickter –
Fräulein Federnelke –

FEDERNELKE
Oh, bitte!

DISTEL (für sich)
Blaustrumpf, verrückter!

FRAU EHRENPREIS
– –Federnelke, die wundersame,
So lautet ihr holder botanischer Name.
Vielleicht lässt sie sich freundlich erweichen

Und schreibt und dichtet ein Billett,
Duftend, geistvoll und nett.
Das möge dann die dienende Biene,
Unsere süße geflügelte Schleckerkathrine,
Hinschwebend im frühesten Morgenwind,
Dem hohen Geburtstagskind
Ehrfurchtsvoll sumsend überreichen.

GÄNSEBLÜMCHEN
O wie reizend!

FEDERNELKE (schreibt und liest)
»Veredelte Rose und Nachbarin!
Nehmet dies Brieflein gnädig hin,
Sintemalen dasselbe geschrieben
Von allerlei Pflanzen, welche Euch lieben.
Verleihe der Himmel Euer Gnaden
Beständig ein sanftes Sonnenlicht
Und frischen Tau und meinetwegen
Auch hie und da ein wenig Regen,
Nur Sturmwind nicht,
Denn dieser tut der Schönheit schaden.
Ergebenst mit Herz und Honigmund
Das Blumenkränzchen: Tugendbund.«

GÄNSEBLÜMCHEN
O wie reizend!

FEDERNELKE
Ich denke, es macht sich so!

ALLE
Bravo bravissimo!

MOND
Noch ’n Tässchen Tee gefällig?

Levkoje
Ich trank schon drei.

Phlox
Ich fünf.

Tulpe
Ich acht.

Päonie
Mein Mieder kracht!

Alle
Gute Nacht, gute Nacht!

(Die Blumen nicken. Der Mond geht unter.
Der Poet,
nachdem er noch einen Blick in die Nacht
hinausgebohrt, schließt leise das Fenster.)

Vermischtes

Romanze vom Ritter Ossa Sepia

»Ossa Sepia, Ossa Sepia,
Schlanker Ritter, kühn und ädel,
Hast in dem gelobten Lande
Du zerhaun viele Türkenschädel.«

Jetzo zieht er nach der Heimat,
Nach der Heimat geht sein Trachten;
Doch in Zons am grünen Rheine
Will der Ritter übernachten.

Hoch zu Roß mit seinen Knappen
Vor der Burg begehrt er Einlass,
Und der Wächter auf der Zinnen
Denkt verwundert: Wer mag sein das?

Stößt ins Horn mit lautem Schallen,
Dass die alten Fenster zittern,
Fraget dann vom Turm herunter
Nach den Namen von den Rittern.

»Ossa Sepia, Ossa Sepia,
Schlanker Ritter, kühn und ädel,
Hat in dem gelobten Land zu
Brei zerhaun viel Türkenschädel.«

Und dem Burgherrn ist's verkündet,
Tor ist krachend aufgegangen,
In dem hohen Rittersaale
Hat der Burgherr ihn empfangen.

Ossa Sepia bei der Tafel
Kündet flammend seine Taten,
Und als gält es Türkenschädel
Haut er in den Schweinebraten.

In den Schweinebraten haut er,
Doch die schöne Kunigunde,
Kunigunde, die kredenzt den
Becher ihm mit höhnschem Munde.

Bleich erscheint der Ritter morgens. –
Sorglich tät der Burgherr fragen:
»Edler Ritter, sprecht, was fehlt Euch?«
»Bitte sehr, hat nichts zu sagen.«

Und dann setzt er sich zum Frühstück;
Mit gar kläglicher Tournüre.
Plötzlich: »Bitte um Entschuldgung!«
Ruft's, stürzt ängstlich aus der Türe.

Kommt er wieder, schaut er wirre
Auf zur schönen Kunigunde. -
Kunigunde doch kredenzt den
Becher ihm mit höhnschem Munde.

Boshaft lachend denkt das Fräulein:
»Schlanker Ritter, kühn und ädel,
Hast in dem gelobten Lande
Wohl zerhaun viel Türkenschädel.

Traun, du liebst mich wohl?« so denkt die
Schöne, stolze Kunigunde;
Kunigunde, die den Becher
Ihm kredenzt mit höhnschem Munde.

Ossa Sepia, Ossa Sepia,
Wie so bleich ziehst du von hinnen.
Kunigunde, Kunigunde
Stehet stolz auf Turmes Zinnen.

Vor dem Burgtor lässt er halten.
Kläglich zieht er aus der Tasche –
Himmel, will er sich vergiften! –
Eine kleine, runde Flasche.

Ha! Er trinkt! Er fährt zusammen!
Reibt den Magen!! Sieht gen Himmel!!!
»Wahrlich«, spricht er, »ich muss sagen,
Das ist ganz famoser Kümmel!!

Jetzo, denk ich, wird es besser.
Auf, ihr Knappen, rasch von hinnen!«
Spricht's und sprengt davon. – Verwundert
Steht das Fräulein auf der Zinnen.

Rhadamant und Zamore

I.

O schönes Bild der Liebe!
Heil dir, Ägypterland!
Heil, Königin Zamore
Und König Rhadamant!

Sie löschten aus demselben
Pokale ihren Durst,
Sie aßen miteinander
Von einer Leberwurst.

Dem König ward so übel,
Der Königin noch mehr.
Sie mussten beide sterben
Und liebten sich so sehr.

In einer Pyramide
Da ruhn sie Hand in Hand,
Die Königin Zamore
Und König Rhadamant.

II.

Es steht die Pyramide
Dicht an des Niles Bord,
Da ruhn die Mumienleiber,
Die Seelen wandern fort.

Und auf dem Nilgewässer
Da schwimmt ein Gänserich,
In diesen fuhr die Seele,
Als Rhadamant verblich.

Zamore aber folgte
Den Spuren Rhadamants
Und fuhr zu gleicher Stunde
In eine wilde Gans.

Sie gickern und sie gackern
Und kosen miteinand;
Er gickert: Ach, Zamore!
Sie gackert: Rhadamant!!

III.

Es stieg aus ihren Ufern
Des Niles gelbe Flut,
Da fasst die treuen Gänse
Gewaltger Wandermut.

Die Brust erfüllt ein Sehnen
So wonnig und so weh,
Sie heben ihre Schwingen
Und fliegen über See.

Sie flogen hin nach Pommern
Und hatten guten Wind,
Nach Pommern, wo zu Hause
Die besten Gänse sind.

Da legte ihre Eier
Zamore in den Sand,
Heut brütet sie Zamore
Und morgen Rhadamant.

IV.

Das Glück der treuen Gatten
Zerstörte ein Barbar;
Ein pommerischer Junker
Der fing das Gänsepaar.

Er fing die treuen Gänse
Und mästet sie nach Brauch,
Und als er sie gemästet,
Hing er sie in den Rauch.

Da hängen sie nun beide
Getreu bis in den Tod:

Die viel geprüften Seelen
Die fahren durch den Schlot.

Die Seele fährt von dannen,
Der Leib der wird versandt,
Als Pommerns Gänsebrüste
Bekannt in jedem Land.

Trauriges Resultat einer vernachlässigten Beziehung

Ach, wie oft kommt uns zu Ohren,
Dass ein Mensch was Böses tat,
Was man sehr begreiflich findet,
Wenn man etwas Bildung hat.

Manche Eltern sieht man lesen
In der Zeitung früh bis spät;
Aber was will dies bedeuten,
Wenn man nicht zur Kirche geht?

Denn man braucht nur zu bemerken,
Wie ein solches Ehepaar
Oft sein eignes Kind erziehet,
Ach, das ist ja schauderbar!

Ja, zum Instheatergehen,
Ja, zu so was hat man Zeit,
Abgesehn von andren Dingen,
Aber wo ist Frömmigkeit?

Zum Exempel, die Familie,
Die sich Johann Kolbe schrieb,

Hatt' es selbst sich zuzuschreiben,
Dass sie nicht lebendig blieb.

Einen Fritz von sieben Jahren
Hatten diese Leute bloß,
Außerdem, obschon vermögend,
Waren sie ganz kinderlos.

Nun wird mancher wohl sich denken:
Fritz wird gut erzogen sein,
Weil ein Privatier sein Vater;
Doch da tönt es leider: Nein!

Alles konnte Fritzchen kriegen,
Wenn er seine Eltern bat,
Äpfel-, Birnen-, Zwetschgenkuchen,
Aber niemals guten Rat.

Das bewies der Schneider Böckel,
Wohnhaft Nummer 5 am Eck;
Kaum, dass dieser Herr sich zeigte,
Gleich schrie Fritzchen: »Meck, meck, meck!«

Oftmals, weil ihn dieses kränkte,
Kam er und beklagte sich,
Aber Fritzchens Vater sagte:
Dieses wäre lächerlich.

Wozu aber soll das führen,
Ganz besonders in der Stadt,
Wenn ein Kind von seinen Eltern
Weiter nichts gelernet hat?

So was nimmt kein gutes Ende. –
Fast verging ein ganzes Jahr,

Bis der Zorn in diesem Schneider
Eine schwarze Tat gebar.

Unter Vorwand eines Kuchens
Lockt er Fritzchen in sein Haus,
Und mit einer großen Schere
Bläst er ihm das Leben aus.

Kaum hat Böckel dies verbrochen,
Als es ihn auch schon scheniert,
Darum nimmt er Fritzchens Kleider,
Welche grün und blau kariert.

Fritzchen wirft er schnell ins Wasser,
Dass es einen Plumpser tut,
Kehrt beruhigt dann nach Hause,
Denkend: »So, das wäre gut!«

Ja, es setzte dieser Schneider
An die Arbeit sich sogar,
Welche eines Tandlers Hose
Und auch sehr zerrissen war.

Dazu nahm er Fritzchens Kleider,
Weil er denkt: »Dich krieg ich schon!«
Aber ach, ihr armen Eltern,
Wo ist Fritzchen, euer Sohn?

In der Küche steht die Mutter,
Wo sie einen Fisch entleibt,
Und sie macht sich große Sorge,
Wo nur Fritzchen heute bleibt?

Als sie nun den Fisch aufschneidet,
Da war Fritz in dessen Bauch. –

Tot fiel sie ins Küchenmesser,
Fritzchen! war ihr letzter Hauch.

Wie erschrak der arme Vater,
Der grad eine Prise nahm;
Heftig fängt er an zu niesen,
Welches sonst nur selten kam.

Stolpern und durchs Fenster stürzen,
Ach, wie bald ist das geschehn!
Ach, und Fritzchens alte Tante
Muss auch grad vorübergehn.

Dieser fällt man auf den Nacken,
Knacks! da haben wir es schon!
Beiden teuren Anverwandten
Ist die Seele sanft entflohn.

Drob erstaunten viele Leute,
Und man munkelt allerlei,
Doch den wahren Grund der Sache
Fand die wackre Polizei.

Nämlich eins war gleich verdächtig:
Fritz hat keine Kleider an!
Und wie wäre so was möglich,
Wenn es dieser Fisch getan?

Lange fand man keinen Täter,
Bis man einen Tandler fing,
Der, es war ganz kurz nach Ostern,
Eben in die Kirche ging.

Ein Gendarm, der auf der Lauer,
Hatte nämlich gleich verspürt,

Dass die Hose dieses Tandlers
Hinten grün und blau kariert.

Und es war ein dumpf Gemurmel
Bei den Leuten in der Stadt,
Dass 'ne schwarze Tandlerseele
Dieses Kind geschlachtet hat.

Hochentzücket führt den Tandler
Man zur Exekution;
Zwar er will noch immer mucksen,
Aber wupp! da hängt er schon.

Nun wird mancher hier wohl fragen:
Wo bleibt die Gerechtigkeit?
Denn dem Schneidermeister Böckel
Tut bis jetzt man nichts zuleid.

Aber in der Westentasche
Des verstorbnen Tandlers fand
Man die Quittung seiner Hose
Und von Böckels eigner Hand.

Als man diese durchgelesen,
Schöpfte man sogleich Verdacht,
Und man sprach zu den Gendarmen:
Kinder, habt auf Böckel Acht!

Einst geht Böckel in die Kirche.
Plötzlich fällt er um vor Schreck,
Denn ganz dicht an seinem Rücken
Schreit man plötzlich: »Meck, meck, meck!«

Dies geschah von einer Ziege,
Doch für Böckel war's genug,

Dass sein schuldiges Gewissen
Ihn damit zu Boden schlug.

Ein Gendarm, der dies verspürte,
Kam aus dem Versteck herfür,
Und zu Böckel hingewendet
Sprach er: »Böckel, geh mit mir!«

Kaum noch zählt man 14 Tage,
Als man schon das Urteil spricht:
Böckel sei aufs Rad zu flechten.
Aber Böckel liebt dies nicht.

Ach! die große Schneiderschere
Ließ man leider ihm, und Schnapp!
Schnitt er sich mit eignen Händen
Seinen Lebensfaden ab.

Ja, so geht es bösen Menschen.
Schließlich kriegt man seinen Lohn.
Darum, o ihr lieben Eltern,
Gebt doch Acht auf euern Sohn!

Romanze vom nützlichen Soldaten

Rieke näht auf die Maschine,
Nischke ist beis Militär,
Dennoch aber ließ sie ihne
Niemals nahe bei sich her.

Wozu, fragte sie verächtlich,
Wozu hilft mich der Soldat,
Wenn man bloß durch ihn hauptsächlich
So viel hohe Steuern hat.

Einstmals ging sie in das Holze,
Nischke wollte gerne mit;
Aber nein, partu nicht wollt se,
Dass er ihr dahin beglitt.

Plötzlich springt aus dem Gebüsche
Auf ihr zu ein alter Strolch;
Stiere Augen, wie die Fische,
Kalte Hände, wie der Molch.

Runter, schreit er, mit die Kleider,
Denn Sie lebt im Überfluss,
Da ich ein Fabrikarbeiter,
Der sich was verdienen muss.

Weinend fällt das Kleid und Röckchen,
Zitternd löst sich der Turnür,
Nur ein kurzes Unterglöckchen
Schützt vor Scham und Kälte ihr.

Bauz! da fällt ein Schuss mit Schroten.
Fluchend lauft der Vagabund
Mit verletztem Hosenboden
In des Waldes Hintergrund.

Das tat Nischke, der trotz allen
Rieken heimlich nachgeschleicht,
Die sich unter Dankeslallen
Jetzt um seinen Hals verzweigt.

Oh, ihr Mädchens, lasst euch raten,
Ehrt und liebet den Soldat;
Weil er sonst vor seine Taten
Nicht viel zu verzehren hat.

Fink und Frosch

Im Apfelbaume pfeift der Fink
Sein: pinkepink!
Ein Laubfrosch klettert mühsam nach
Bis auf des Baumes Blätterdach
Und bläht sich auf und quackt: »Ja ja!
Herr Nachbar, ick bin och noch da!«

Und wie der Vogel frisch und süß
Sein Frühlingslied erklingen ließ,
Gleich muss der Frosch in rauen Tönen
Den Schusterbass dazwischen dröhnen.

»Juchheija heija!« spricht der Fink.
»Fort flieg ich flink!«
Und schwingt sich in die Lüfte hoch.

»Wat!« ruft der Frosch, »Dat kann ick och!«
Macht einen ungeschickten Satz,
Fällt auf den harten Gartenplatz,
Ist platt, wie man die Kuchen backt,
Und hat für ewig ausgequackt.

Wenn einer, der mit Mühe kaum
Geklettert ist auf einen Baum,
Schon meint, dass er ein Vogel wär,
So irrt sich der.

Meyer und Isolde

oder:
Die dreifache giftgrüne Moritat zu Leipzig
Zum allgemeinen Besten und zur Entlarvung
grüngefärbter Abscheulichkeiten an das Licht
der öffentlichen Verachtung gebracht

Motto:
Ach, bedenkt, ihr lieben Mädchen,
Schwach ist nur des Lebens Fädchen.

Hört ihr Leute die Geschichte
Die in Leipzig jetzt passiert,
Ach, man sieht in dies Gedichte
Bis wohin die Mode führt.
Durch ein Kleid von grüner Farben
Kürziglich drei Menschen starben,
Lausche, liebes Publikum,
und sei vor Entsetzen stumm.

War ein Mädchen, hieß Isolde,
Blond gelockt im Angesicht,
Keinen Ball die Holde wollte
Gar niemals versäumen nicht.
Vater, Mutter, Onkels, Tanten
Dieses sehr gefährlich fanden,
Doch ein tanzend Mädchenherz
Fühlt noch keinen Elternschmerz.

Ihr Geliebter war noch flötter,
Obgleich Meyer er nur hieß,
Tanzen tat er fast wie Götter,
Bis der Atem ihn verließ.
Meyer fürchte dein Geschicke
Schon greift es dir nachs Genicke,

Und ihr andren Meyers hört,
Welch ein Schicksal ihm beschert.

An ein Kaufmannsladenfenster
Lag giftgrüner Tarlatan,
Und weil so verführend glänzt er
Schuf sich ihn Isolde an.

Bracht' das Zeug zu ihrem Schneider,
Dieser näht das Kleid auch, leider,
Fertig bracht er es mit Not,
Noss noch einmal und – war tot.

Ungerührt von diesem Falle,
Zeigte, ach, Isolde sich,
Ging des Abends noch zum Balle,
Als der Schneider früh verblich.
Dort kam sie im grünen Kleide,
Meyer stürzt fast um vor Freude,
Engagiert sie gleich, hopp, hopp
Auf dem schottischen Galopp.

Und so tanzten sie wie rasend
Viermal um den Saal herum,
Da stürzt Meyer – bauz – erblassend
Tot mitsamt Isolden um.
Durch das grüne Kleid vergiftet
Ward dies Unheil angestiftet,
Liegen, die erst froh man sah
Jetzt als tote Leichen da.

Doch das Volk verlangte wütend
Rache für der dreie Mord,
Und man stürmte, Böses brütend
Zu dem Fabrikanten fort.
Dort fasst man den grünen Färber,

»Der ist schuld«, schrie man, »drum sterb' er!«
Und eh wieder er entschlüpft
Ward der Färber aufgeknüpft.

Frau Justitia in Verlegenheit

Seht, da steht das Ungeheuer
Namens Jakob Niedermeier!
Der, nachdem er anfangs Schreiber,
Später Mörder ward und Räuber.

Als dies aber aufgekommen,
Hat man ihn in Haft genommen;
Und man fasste den Beschluss,
Dass man Jakob köpfen muss.

Man vergaß jedoch hierbei,
Dass der Jakob bucklig sei;
Und, sieh da, am Hochgericht –
Ach, herrjeh! – da ging es nicht.

Das brave Lenchen

Auf einem Schlosse fern im Holz
wohnt eine Frau gar reich und stolz.
In einem Hüttchen arm und klein
wohnt Lenchen und ihr Mütterlein.
Das Mütterlein ist schwach und krank
und ohne Geld und Speis und Trank.

Da denkt das Lenchen: »Ach, ich lauf
um Hilfe nach dem Schloss hinauf!«

Es nimmt sich nichts wie einen Schnitt
vom allerletzten Brote mit.
Und wie es kommt bis an den Steg,
sitzt da ein armer Hund am Weg.
»Ach!« – ruft der Hund – »mein Herr ist tot;
hätt' ich doch nur ein Stückchen Brot!«

»Hier!« – spricht das Lenchen – »hast du was!«
zieht's Brot hervor und gibt ihm das.
Und wie es weiter fortgerannt,
liegt da ein Fisch auf trocknem Sand.
»Ach!« – ruft der Fisch und zappelt sehr –
»wenn ich doch nur im Wasser wär!«

Gleich bückt das Lenchen sich danach
und trägt ihn wieder in den Bach.
Dann ist es weiter fortgerannt,
bis es die Frau im Schlosse fand. –

»Ach, liebe Frau, erbarmt euch mein,
ich hab ein krankes Mütterlein!«
»Fort!« – schreit die Frau – »nichts gibt es
hier!«
und jagt das Lenchen vor die Tür.

Das Lenchen sieht vor Tränen kaum
und setzt sich stumm an einen Baum.
Und horch, im hohlen Baum erklingt
ein feines Stimmlein, welches singt:
»Mach auf, mach auf, ich bitt gar schön,
möcht gern die liebe Sonne sehn!«
Im Baum da ist ein Löchlein rund,
ist zugesteckt mit einem Spund.

Den zieht das Lenchen aus und spricht:
»So komm ans Licht, du armer Wicht!«

Sieh da, und eine Schlange schmiegt
sich aus dem Baum hervor und kriecht
und schlingt und schlängelt mit Gezisch
sich in das nächste Waldgebüsch,
und raschelt da herum und kam
und bracht ein Blümlein wundersam.
O Krankentrost, du Blümlein rot,
Herztulipan, hilf aus der Not!

Das Lenchen nimmt das Blümlein an
und eilt nach Haus so schnell es kann.
Und wie es kommt bis über'n Steg,
tritt ihm ein Räuber in den Weg.
Dem armen Lenchen stockt das Blut,
läßt's Blümlein fallen in die Flut.
Da kommt der Hund und jagt zum Glück
den Räuber in den Wald zurück.
Und unser Fisch ist auch nicht faul;
er trägt die Blume in dem Maul.

Jetzt läuft das Lenchen schnell hinein
zum lieben kranken Mütterlein,
legt's Blümlein ihr auf Herz und Mund,
macht's Mütterlein sogleich gesund;
heilt auch noch sonst viel kranke Leut
und ist aus aller Not befreit.

Der Räuber aber hat bei Nacht
die Frau im Schlosse totgemacht.

Die beiden Schwestern

Es waren mal zwei Schwestern,
ich weiß es noch wie gestern.
Die eine namens Adelheid
war faul und voller Eitelkeit.
Die andre die hieß Käthchen
und war ein gutes Mädchen.
Sie quält sich ab von früh bis spät,
wenn Adelheid spazieren geht.
Die Adelheid trank roten Wein,
dem Käthchen schenkt sie Wasser ein.

Einst war dem Käthchen anbefohlen,
im Walde dürres Holz zu holen.
Da saß an einem Wasser
ein Frosch, ein grüner, nasser;
der quackte ganz unsäglich,
gottsjämmerlich und kläglich:
»Erbarme dich, erbarme dich,
ach, küsse und umarme mich!«

Das Käthchen denkt:
»Ich will's nur tun,
sonst kann der arme
Frosch nicht ruhn!«
Der erste Kuss
Schmeckt recht abscheulich,
der gräsiggrüne Frosch
wird bläulich.
Der zweite schmeckt schon
etwas besser;
der Frosch wird bunt
und immer größer.
Beim dritten gibt es ein Getöse,
als ob man die Kanonen löse.

Ein hohes Schloss
steigt aus dem Moor,
ein schöner Prinz
steht vor dem Tor.
Er spricht:
»Lieb Käthchen, du allein
sollst meine
Herzprinzessin sein!«

Nun ist das Käthchen hochbeglückt,
kriegt Kleider schön mit Gold gestickt
und trinkt mit ihrem Prinzgemahl
aus einem goldenen Pokal.

Indessen ist die Adelheid
in ihrem neuesten Sonntagskleid
herumspaziert an einem Weiher,
da saß ein Knabe mit der Leier.
Die Leier klang, der Knabe sang:
»Ich liebe dich, bin treu gesinnt;
komm, küsse mich, du hübsches Kind!«

Kaum küsst sie ihn
so wird er grün,
so wird er struppig,
eiskalt und schuppig.
Und ist, o Schreck!
der alte, kalte Wasserneck.
»Ha!« – lacht er – »diese hätten wir!!«
Und fährt bis auf den Grund mit ihr.

Da sitzt sie nun bei Wasserratzen,
muss Wassernickels Glatze kratzen,
trägt einen Rock von rauen Binsen,
kriegt jeden Mittag Wasserlinsen;

und wenn sie etwas trinken muss,
ist Wasser da im Überfluss.

Als mir die Zeit entgegenkam,
Erschien sie mir hübsch wundersam
Und angenehm und lecker.
Sie ging vorüber, und o weh!
Nun, da ich sie von hinten seh,
Bemerk ich ihren Höcker.

(Zu Wilhelm Raabes 70. Geburtstag,
8. September 1901)

Muss ich mich schon wieder plagen?
Also wieder ein Gedicht?
Soll ich wagen Nein! zu sagen? –
Nein, ich bin kein Bösewicht!

Dehne dich, Poetenleder!
Werde flüssig, alter Leim!
Sieh, schön tröpfelt aus der Feder
Der mit Angst gesuchte Reim!

Und so zeig ich mit Vergnügen
Mich als einen netten Herrn. –
Ach, mitunter muss man lügen,
Und mitunter lügt man gern.

Scheint dir auch mal das Leben rau,
Sei still und zage nicht,
Die Zeit, die alte Bügelfrau,
Macht alles wieder schlicht.

Obgleich die Welt ja, sozusagen,
Wohl manchmal etwas mangelhaft,
Wird sie doch in den nächsten Tagen
Vermutlich noch nicht abgeschafft.

Verzeichnis der Gedichtüberschriften und -anfänge